Jeanne-Marie PARRA

L'AMOUR-EN-CAGE

Les Presses du Midi

u même auteur aux éditions Les Presses du Midi :

Le Jardin de Jeanne

Impression PDM

---

121 avenue d'Orient - 83100 Toulon
Tel. : 04 94 16 90 20 - Fax : 04 94 16 90 29
Dépôt légal décembre 2001
ISBN : 2-87867-357-3

L'amour nu

Lorsque plus tard mon fils, dans mon jardin, j'espère
Tu viendras t'incliner, j'aurai quitté la terre.
Je serai là pour toi car dans mon univers
Tu me reconnaîtras en relisant mes vers.
Et peut-être qu'alors, éclairé par ma flamme
Tu le respireras le parfum de mon âme.
Doux comme une caresse, déversant chaque jour
Pour l'enfant de ma chair, en effluves l'amour.
Mon cœur à l'unisson, débordant de tendresse
Rien qu'à te regarder jouir de ta jeunesse ;
Tourmenté par la peur de te voir malheureux,
Sans autres arguments, se voulait généreux.

Je ne me privais pas car j'étais courageuse,
Et te faire plaisir me rendait très heureuse !
Tu sais l'argent pour moi n'avait pas de valeur
Un rayon de soleil, la beauté d'une fleur
Avaient plus de pouvoir qu'un amas de richesse
Pour noyer ma rancœur et chasser la tristesse.
Si Dieu m'a faite ainsi, je n'ai pas de mérite
La générosité dans le gène est inscrite.
Je n'ai fait que répondre à l'instinct maternel
Et ce comportement me semblait naturel
C'est inné, c'est infus, on ne peut se défaire
D'une empreinte gravée en notre caractère.

.../...

.../...

Si j'avais témoigné d'un peu plus de rigueur
À l'encontre de toi, j'aurais peiné mon cœur.
Une mère on la juge un peu trop possessive
Bien que de son enfant, une femme la prive !
Elle sait condescendre et surseoir à son tour
Si cruel, ô mon fils, tu peux croire est l'amour.
Il est tard, néanmoins la voilà ma revanche
Certains mots, les non-dit vont sortir du silence
Et tu vas découvrir en ouvrant mon recueil
Que depuis fort longtemps ma vie était en deuil.
Par amour j'ai gardé sur le bord de mes lèvres
Ce qu'exhalent mes vers au jardin de mes rêves.

Sur ces feuillets jaunis, reconduits d'un soupir
Mes élans, mes émois, sont venus s'assoupir.
S'ils irritent ton œil, si telle une hécatombe
Ils font sourdre des pleurs, mon parfum d'outre tombe
Libérant le fermail d'un antique encensoir
Féal, remontera calmer ton désespoir.
Ô n'aie pas de regrets ! C'est la vie et, quand même
Tu m'aurais fait souffrir, sache bien que je t'aime
C'est ma faute et mon cœur t'en demande pardon
Car jamais je n'ai su, le couper le cordon !
Entre ces pages encor, faut-il que je l'écrive ?
Je voulais te garder en écrivant mon livre.

Janvier 2001
À mes garçons,
À ma sœur Marie,

"Élégie"

Harmonie

Tout sorti clos, dans la verdure
Tel un énorme cabochon
Qu'on a monté sur un chaton.
Une œuvre d'art de la nature.

Ce beau mélange de peinture,
Cet arbre en pleine floraison,
Tout sorti clos, dans la verdure
D'une abondante frondaison.

Une merveille de sculpture
Sans commune comparaison,
L'écarlate rhododendron
Semble un rubis sur l'enchâssure
Tout sorti clos, dans la verdure.

Triolet le 24.03.2001

Le vulcain

Poudrée d'or une vanesse
Aux ailes rouge vermillon
Hume une rose et la caresse
Sans chiffonner son cotillon.

Comme un amant, il la câline
Et goulûment, lèche son cœur
Pour recueillir sur l'étamine
Et dans l'anthère, le meilleur.

Puis de pollen lorsqu'il est ivre,
Notre amoureux batifoleur
D'autres amours, il va revivre
En butinant de fleur en fleur !

1.2001, "Odelette"

Graine de poète

Tous mes songes d'enfant sont inscrits dans le ciel
Et je crois les revoir quand je vois l'arc-en-ciel.
Aux étoiles la nuit et du bout de mes lèvres
Je racontais comment, je vivais dans mes rêves,
Cependant que la lune en croissant sur son seuil,
Afin de m'écouter, ne dormait que d'un œil.
De l'autre, grand ouvert, me regardait, peut-être,
Derrière le carreau de l'étroite fenêtre
Où j'écrasais mon nez, pour mieux m'en approcher
De la voûte céleste, avant de me coucher.
Et les yeux éblouis, de mon auriculaire
J'envoyais un baiser à l'étoile polaire.
Ô Dieu ! T'en souviens-tu, de ce gosse rêveur
Qui bravait l'interdit mais de l'ombre avait peur ?
Tout seul entre mes draps, dans mon lit, sans lumière,
Ne pouvant pas dormir, je disais ma prière ;
Sérieux, appliqué, doucement à mi-voix
Me mettant à genoux, pour le signe de croix.
Recueilli, très ému… puis, revenant sur terre
De nouveau j'allais choir dans les nœuds du mystère
Qui planait tout là-haut… par ce ciel étoilé.

…/…

…/…

Que de fois, ô Seigneur, mon esprit fut troublé !
En ce temps si lointain où je me réfugie,
Nous n’avions pour y voir, qu’une simple bougie.
Dans la grande maison nous étions dans le noir
Dès qu’un de nos parents, avait mis l’éteignoir.
Seul un rayon de lune éclairait ma chambrette
Depuis, entre elle et moi, subsiste une amourette.
D’un œil malicieux, cette sœur du soleil,
Lorsque j’étais petit a bercé mon sommeil.
Et mes rêves étaient beaux, pareils à ces images
Que l’on donne à l’école, aux enfants les plus sages.
Tous les mômes qui sont émotifs et trouillards
Souvent peuplent leurs nuits d’horribles cauchemars.
Moi j’avais le bonheur bien des fois dans ma chambre
D’y trouver une amie et parfois à l’attendre
Je passais ma soirée assis sur mon lit
Pour finir assoupi sur le dessus de lit.
Je t’adore ô soleil ! Mais la face lunaire
M’a toujours fasciné, car son air débonnaire
A conquit ce gamin qui portait dans son cœur
L’étincelle du rêve et de l’amour, l’ardeur !

Mars 2001, “Élégie”

Dédicace

Pour vous je veux chère Gisèle
Avec des mots, faire un bouquet.
J'y mettrai d'abord un œillet
Puis la hampe d'une asphodèle.

Sertie, une rose, avec zèle
En une touffe de muguet.
Pour vous je veux, chère Gisèle
Que mon chef-d'œuvre soit parfait.

Au souvenir je suis fidèle.
Vous fûtes douce à mon chevet
Et de douceur étant gourmet,
Vous dois, je sais, fière chandelle.
Pour vous je veux, chère Gisèle.

Triolet, le 4.3.2001.

Rein que des notes

Le bel air d'une chanson
Avait séduit mon oreille,
Sans entendre ma raison
J'écoutais cette merveille.

Elle me parlait d'amour
Celle belle mélodie,
Affirmant qu'un prince un jour
M'aimerait à la folie.

Je nageais dans le bonheur
En écoutant ce présage
Qui faisait battre mon cœur
Et rosir tout mon visage.

D'une note ou d'un soupir
Me tirait presqu'une larme
Et d'émoi j'ai cru mourir
Tant je lui trouvais de charme.

Janvier 2001

“Douce consolation”

Sur notre terre et c’est heureux
La bonté encore existe.
On dit que l’homme est égoïste
J’en connais de généreux.

La bonté encore existe.
Tout comme l’être vertueux,
Ses adeptes sont nombreux
Hommage et foi d’un humaniste.

On dit que l’homme est égoïste,
Si ce trait sied, au cul terreux
Cet humain est un fumiste.

J’en connais de généreux
À le dire je persiste
Sur notre terre et c’est heureux !

Sonnet quadrille, février 2001.
En hommage à Maurice Floch, poète.

Hymne à la raison

Au loin gronde la guerre, ici rien ne va plus.
En voulant l'étourdir on se moque de l'homme
Pour mieux le museler pendant que nos élus
Comme l'ignoble Adam, félons, croquent la pomme
Au loin gronde la guerre, ici rien ne va plus.

Unissons tous nos voix, l'alliance est féconde,
Autour d'une aria libellée au cordeau
Et la main dans la main et pour la paix du monde
Nous chanterons en chœur, ce magique rondeau.
Unissons tous nos voix, l'alliance est féconde.

En portant nos regards vers un autre avenir,
Pensons à nos enfants… qu'on leur laisse en partage
Une part du gâteau, sans trop les démunir,
Dans un élan d'amour sauvons leur héritage
En portant nos regards vers un autre avenir.

Si le silence est d'or, à quoi sert la parole ?
Faut lever le bâillon et s'autopromouvoir :
La brandir mise à nu, car elle a le beau rôle
Et le don de trancher… même dans l'isoloir
Si le silence est d'or, à quoi sert la parole ?

Le 10.3.2001, "Quintils Rollinat"

Mon kaléidoscope

Si Dieu me fit un jour poète
Un tout petit, sans étiquette,
Ce privilège bien me sied
En écrivant je prends mon pied.

Mon délire a trouvé sa source
Aux alentours de la grande ourse.
Le soir, songe démentiel
J'ai besoin d'explorer le ciel.

Dans le sillage d'une étoile
Mon souffle hisse la grand-voile
En mon élan et mon envol
Je sens mon corps quitter le sol.

…/…

.../...

Si je cours après la chimère
Est-ce que ma vie est trop amère ?
Je ne crois pas, en vérité
J'ai soif d'air pur et de beauté.

Complètement à la renverse
Sur son chariot je me berce,
D'illusions, de merveilleux
Et ce, rien qu'en fermant mes yeux.

Le toit du monde est un mystère.
Pour le poète, un pied-à-terre.
Kaléidoscope envoûtant
Mais qu'il n'aborde qu'en rêvant !

Le 12.3.2001

“Vénusté”

Blonde Ève.
Profil
Subtil,
Un rêve

Fleur brève.
Pistil
Qu’avril
Achève.

Un jour
L’amour
La cueille

Malheur
La fleur
S’effeuille !

11.1999

Mon chemin de foi

Je crois en toi mon Dieu malgré l'ombre du doute
Qui tourmente mon cœur tout au long de ma route
Insensible ne suis, et certains faits divers
Ma foi pourraient troubler ou se mettre en travers.
Tant de choses vont mal, on ne sait plus qui croire
L'homme est inconscient, il n'a plus de mémoire.
En son avancement repu d'essentiel
Poussant loin le bouchon, s'octroie un pan de ciel
Il irait ce crétin vendre son âme au diable
Pour un peu qu'elle soit encore négociable.
Aujourd'hui notre terre est un vaste foutoir
Ô Dieu ! Pardonne-moi si je vois tout en noir
Le ciel est toujours bleu, le soleil brille encore,
La lumière renaît dès que pointe l'aurore
Et la lune, la nuit, veille sur l'univers
Mais rien n'est plus pareil, c'est le monde à l'envers
L'être humain se sent seul au milieu de la foule
La famille se meurt, les vieux perdent la boule
Dans des mouroirs infects, pour les moins fortunés
Mais même les nantis meurent emprisonnés.
Belle époque Seigneur ! D'avant-garde, moderne,
Toute artificielle où l'amour est en berne.
Le philosophe est coi, face à cet insensé
Bravant ton jugement car c'est toi l'offensé.

.../...

.../...

Celui que l'on bafoue, en souillant la nature
Pourrait se révolter contre un acte immature.
Moi je suis pessimiste et je le sens venir
Le fléau de la peur, dans un proche avenir.
Je tressaute d'effroi quand le ciel en furie,
En son emportement annonce une odalie
Lorsque s'abat la grêle en énormes cailloux
J'implore tous les saints pour calmer ton courroux.
Ne suis pas pythonisse encor moins théosophe
Mais ce monde de fous court à la catastrophe !
En contradiction, si je vais mon chemin
Sans vouloir imiter ce que fait mon voisin ;
J'abandonne à mes pas, tout le temps nécessaire
Pour fixer en mes yeux la beauté de la terre
Bien souvent, j'ai le soir, immolé mon sommeil
Par plaisir d'assister au coucher du soleil.
Et baigné de mes pleurs, tant ma joie était grande
Ce que j'ai découvert de beau, dans ton offrande.
Non, je ne comprends pas, pourquoi l'on cherche ailleurs
D'autres faux paradis qu'on espère meilleurs
Tout ton art me séduit et je suis convaincue.
C'est le mea culpa d'une brebis têtue,
N'écoutant que le son cristallin du pipeau ;
Ne suis point le mouton qu'un paillard jette à l'eau.

Août 2001, "Élégie"

À bout de souffle

Sur le temps d'un long soupir
En syncope sur la gamme
L'intense feu de notre flamme
A cessé de resplendir.

En syncope sur la gamme
Lorsque tout est venu mourir
J'ai senti mon cœur frémir
Et se figer mon corps de femme.

L'intense feu de notre flamme
Par charité peut s'attendrir
Mais jamais ne se renflamme.

A cessé de resplendir
L'amour en rendant son âme
Sur le temps d'un long soupir.

Sonnet quadrille, Janvier 2001

La ronde

Tout passe et meurt au fil du temps
Comme une belle farandole
Ainsi le veut le protocole.
Les feuilles tombent dans le vent
Pour que d'autres l'été suivant
À leur tour aient le monopole.

Tout passe et meurt

Après l'hiver vient le printemps
Et tout renaît puis dégringole
Tout comme l'eau de la rigole
Venant de source qui descend.

Tout passe et meurt

Rondinet, 1999.

Margaret couronnée

C'était son envolée et elle était jolie !
Radieuse elle allait dans sa robe fleurie,
Avide de bonheur vers l'appel du destin.
Au bal des amoureux à la Saint Valentin,
Donné par la mairie en la salle des fêtes.
Justement ce soir-là, sur ces entrefaites,
Vint le prince charmant, la voyant, s'en éprit.
Ils dansèrent ensemble, emportèrent le prix.
Un énorme bouquet assorti d'un voyage
Et l'amour mit le cap, droit vers le mariage.

Dizain Zuliste, le 14.10.96

Égocentrisme

L'amour pour toi n'est qu'un plaisir
Que tu savoures sans comprendre
Et que t'importe s'il est tendre
Pourvu qu'il comble ton désir.
Crois-tu qu'il faille le choisir,
Le mépriser, le faire attendre ?

L'amour.

Je sais, tout comme un grand vizir,
Jamais tu ne veux condescendre.
Sottement tu joues, les "Cassandre"
Mais tu ne sais pas le saisir

L'amour.

Rondinet, 22.7.95

Que ne suis-je ?

Si j'étais une voix, là dans ma chansonnette
Je clamerais, tout haut, mon hymne à la bonté.
Que chacun ici-bas, sans animosité
Respecte son prochain, s'il est digne, honnête.

Car le monde actuel en son cercle infernal
Où l'inégalité creuse la différence,
Engendre le mépris… son système vénal
Se moque de l'exclu qui devient marginal,
Se terre dans son coin, boude la transparence.

Muzain, le 19.10.95

L'amour du prochain

Julie a croisé mon chemin
Un jour d'émeute populaire,
C'était en gare de Bordeaux
À l'heure des conflits sociaux.
À bord de la même galère
Nous nous sommes donné la main

En ce désordre elle avait peur
Alors je suis allé vers elle
La rassurer, la soutenir
Et dans la peine nous unir.
En ses beaux yeux une étincelle
Encensa l'élan de mon cœur.

Strophe à l'italienne, 11.2000

Holocauste

C'est le jour où l'on vit le soleil s'assombrir
Dans la douleur de voir, périr le divin maître
À son insu mon cœur, ainsi que tout mon être
Madame, par vos yeux, fut pris jusqu'en mourir.

Me douter j'étais loin qu'il fallait se meurtrir.
Lutter contre l'amour, que je croyais connaître.
À vouloir l'éloigner, mon recul le fit naître.
Mon existence alors fut celle d'un martyr.

Quand ce Dieu vers moi vint il me trouva sans armes
Détournant mon regard d'où s'échappent les larmes
Que je verse depuis qu'il a vaincu mon cœur.

Mais pour lui ce n'est pas, une bien grande gloire
De m'avoir attaqué… plus noble est la victoire
Dans un plus juste assaut, il eut été vainqueur.

Sonnet

Rimes et dictons

Ne laisse pas le temps se perdre en rêverie
Chacun des jours perdus ne se rattrape pas
Saisi la balle au bond, joui de tes appâts
Oiseux sont les regrets quand la rose est flétrie.

Jongle avec le destin, joue à sa loterie.
Le chemin du bonheur, d'embûches, de faux pas
Fourmille en son réseau… prends garde, chaque pas
Vaut tout son pesant d'or sur la route fleurie.

Sempiternel il va, toujours vers l'avenir.
Rien, absolument rien, ne peut le retenir
Régulier en son vol, imperturbable, passe.

Et précompte assidu, le moment qu'il parcourt
À son vent, à son train, ta jeunesse trépasse.
Quelquefois, un peu tard, on dit même qu'il court.

Sonnet, 3.2001

Palingénésie

Ce retour à la vie en ce monde morose
Fait renaître un espoir, sur des songes moins gris.
Tous les angles dans l'œil sont enfin arrondis
Phénomène d'un mal ou de métempsychose.

Fait renaître un espoir sur des songes moins gris
Transcendés par le feu de sa métamorphose.
Phénomène d'un mal ou de métempsychose,
Elle rêve au bonheur d'un nouveau paradis.

Transcendés par le feu de sa métamorphose
La raison et le cœur entre-temps ont grandi.
Elle rêve au bonheur d'un nouveau paradis,
Redécouvre le la, dans le chant de sa prose.

La raison et le cœur entre-temps ont grandi
Ne broyant plus de noir son esprit voit en rose ;
Redécouvre le la dans le chant de sa prose
Pour écrire avec art, de beaux vers inédits.

Pantoum, 11.2001
"Doit se lire à l'envers"

Pour un sourire

Aide-soignante humble et discrète
Gisèle au sourire charmeur
Pendant ces longs jours de détresse
Quand même a su, toucher mon cœur.

Aussi douce qu'une caresse
Et pleine de compassion
Au malade elle s'intéresse,
Le soigne avec dévotion.

Et cette perle à l'âme tendre
Jamais n'est de mauvaise humeur.
Le patient, sait le comprendre
Et compatir à sa douleur.

10.05.2001, "Odelette"

L'anecdote

Bébé qui sanglote
Pour qu'on le dorlote
Le soir.
Agace Charlotte
Ôtant sa culotte
Sans voir
Sur une bouillotte
Le chat qui grelotte
S'asseoir.

Lois Becq de Fouquières.

Mon amour

Sur les ailes du vent, emporté dans sa voile
Mon amour s'est perdu, dans le champ d'une étoile.

Jupiter, dieu du ciel, abusant de sa ruse,
Ce sentiment humain le raconte à ma muse.
En ondes, me le rend pour que je m'en amuse.
Persifler sur les mots, le chasser hors la moelle.

Mais mon cœur l'a choisi, n'en désirant pas d'autre.
Le railler me fait mal, reniez-vous le vôtre ?
De ce thème à jamais il en sera l'apôtre
Qui fait naître le jour sur l'ombre qu'il dévoile.

Zegel, le 17.2.96
De Philias Lebesque

Le ruisselet

Le ruisselet où le temps coule
Au gré des vannes de mon cœur
Ce pigeonnier tout en rondeur
Je l'ai choisi loin de la foule.

Un nid d'amour où l'on roucoule
Dans le silence et la douceur
Le ruisselet où le temps coule
Au gré des vannes de mon cœur.

S'il me fallait vivre en un moule
Moi qui déteste la laideur
J'éprouverai de la rancœur.

Dieu fasse que jamais ne croule
Le ruisselet où le temps coule
Au gré des vannes de mon cœur.

Sonnetin : il peut s'écrire en octo,
en déca ou en alexandrins.

Jouons

Que met-on dans mon corbillon ?
- Une jeune fille souillon.
Que met-on dans mon corbillon ?
- Un gigantesque potiron.
Que met-on dans mon corbillon ?
- Une fée avec son bâton.
Que met-on dans mon corbillon ?
- Une pantoufle ou un chausson.
Que met-on dans mon corbillon ?
- Le beau conte de Cendrillon.

3.3.2001

Mon horizon

Ma poésie est l'horizon
Sa ligne attire et me captive
Sans barrière limitative
Une fenêtre a ma raison.

Sa ligne attire et me captive
Me fait tomber en pâmoison
Du haut des murs de ma prison
À ma chimère est relative.

Sans barrière limitative
Je chanterai comme un pinson
À l'exigu je suis rétive.

Une fenêtre a ma raison
C'est un beau rêve en perspective
Ma poésie est l'horizon.

1997

L'amour à l'eau

Je pense à lui, il est si loin.
De son amour j'en ai besoin.
Entre nous deux ce long voyage
M'a désarmée et mise en cage,
Comme l'oiseau, je tourne en rond.

Sur l'océan, sur son bateau
Je le poursuis au fil de l'eau.
En illusions, brisant ma chaîne,
Pour apaiser mon âme en peine
Comme l'oiseau, je tourne en rond.

Dans ce parcours hallucinant
L'espoir en est le continent
De son retour, j'en suis certaine
Mais chaque jour que Dieu égrène
Comme l'oiseau, je tourne en rond.

Les yeux rivés sur l'horizon
Je crains de perdre la raison.
Cléopâtre filait sa laine,
D'oisiveté ma vie est pleine
Comme l'oiseau, je tourne en rond.

Amnésie

Je ne sais pas ce qui se trame
Entre l'encéphale et ma peau.
La muse dort sous mon chapeau
Sont transposés, en anagramme,
Enchevêtrés, en écheveau
Mes sentiments, voilà le drame.

Je ne sais pas.

Sans vasistas à mon cerveau
Sans ouverture pour mon âme,
Comment écrire une épigramme
Sans le secours d'un chalumeau ?

Je ne sais pas.

Rondinet, 1997.

Le rondinet se trouve dans les rondeaux d'Alain Chartier, vers 1385, né à Bayeux, écrivain, secrétaire de Charles VII, chanoine, auteur des poésies gracieuses.

Je raconte aux étoiles

Après le train l'aéroplane.
Le monde sort de sa torpeur.
Du gaz à l'eau de la vapeur,
On passe à celui du méthane.

Le siècle avait le mors aux dents
Et pour se ménager l'échine,
L'être imagina la machine
Pour le bonheur de tous les gens.

Mon grand aïeul, montait son âne
Pour s'en aller au bourg voisin.
Papa, lui, faisait le chemin
En sifflotant sur sa bécane.

Pourtant l'auto roulait déjà
Puisque c'est en automobile
Que j'ai rejoint le port de l'île,
Avec mon père et sa smala.

Au revoir je dis à ma Corse,
Car vers un continent nouveau
Sommes partis, tous en bateau.
J'ai vécu ça, comme un divorce.

En grandissant, j'ai découvert
Que l'homme avait du savoir-faire.
Quand tout à coup survint la guerre.
Il a fallu se mettre au vert…

…/…

.../...

... Et dans le néant redescendre.
Lorsque prit fin ce long métrage
Chacun se remit à l'ouvrage
Pour rebâtir sur de la cendre.

Sous le brasier couvait l'essor
Et c'est de là, qu'à toute allure,
Sortent en nombre, la voiture,
Le grand écran, le transistor.

Dans l'espoir de faire fortune
Tous les états aventureux
Envoient, en un vol dangereux
Des cosmonautes sur la lune.

Puis satellite, ordinateur;
Le monde entier, lié par câble
Ne sait plus vivre sans portable
Et l'être humain est migrateur.

Toujours plus loin, l'homme se cherche
Il accélère le tempo.
Que nous rapportera K.E.O.*
Après des lustres de recherche?

Octobre 2000, "Thème imposé classique libre"

** K.E.O. : satellite qui partira dans l'atmosphère avec tous les poèmes des candidats au concours, et qui retombera dans des millions d'années.*

L'exilée

Là-bas jadis, était sa vie.
Sous la mitraille, sans bagage
Dans la tempête et le tangage
La peur au ventre, elle est partie
En laissant tout sans garantie
Pour échapper au grand carnage

Là-bas

Pas même une photographie
En souvenir, en témoignage
Tout est parti dans le pillage
Le déshonneur de l'Algérie.

Là-bas.

Rondelet.
Même schéma que le rondinet,
mais ici tout est féminin.

Malédiction

Entre les pages d'un journal
Dort un amour phénoménal.
Un cœur blessé, un être
Déshérité, avant de naître.

Tout s'acharna contre son sort
De ce destin il en est mort.
La fille était très jeune et belle
Quand il s'est amouraché d'elle.
Toute une smala d'amoureux
Gravitait autour de ses yeux.
L'adolescente étant coquette
Allait de conquête en conquête.
Et lui sans le moindre soupçon
Était heureux… pauvre garçon
Qui sentait monter en son âme
Le feu dévorant d'une flamme.
De son amour, étant certain
Il vint lui demander sa main.
Elle ne parut pas surprise,
Hélas, d'un autre étant éprise
L'avertit sans ménagement
Qu'elle allait avoir un enfant.
Ô la tête de ce jeune homme !
Aussi livide qu'un fantôme.

…/…

.../...

Après avoir tourné la page
Elle annonça son mariage.
La vie alors reprit son cours
Bien sûr au gré de ses amours.
Fonda d'ailleurs une famille
Puisqu'elle accoucha d'une fille.
Lui, par dépit, après son deuil
S'est établi, bouffi d'orgueil !
Prenant pour femme légitime
Une, soi-disant, richissime.
Sur cet amour, en si bémol
Le temps a suspendu son vol.
Mais le destin, voilà le pire
Avait aussi son mot à dire.
Car après ces événements
Recommencèrent les tourments.
Loin des yeux le désir succombe
Mais il sommeille dans sa tombe
Ils se revirent et c'est le hic
D'un triste et sombre pronostic.
Déçue et même rabrouée
Par son mari, cette rouée,
Appela sa roue, au secours,
Son amoureux des mauvais jours.
Et puis un jour survint le drame,
Pour se venger, avec une arme
L'époux jaloux et très brutal
Tira deux fois, sur son rival.

.../...

.../...

Du crime ayant pensé s'abstraire
Avait convaincu le beau-frère
Sous prétexte de déshonneur
Il lui fallait venger sa sœur.
Aisé de lui faire accroire
Il débarquait. De cette histoire,
Qu'on lui relate en arrivant
Jamais il n'en avait eu vent.
Profitant de son ignorance
Le vil conjoint, en l'occurrence,
Espérait pour sauver sa peau
Lui faire porter le chapeau.
Heureusement l'imprévisible
Fit que ce fou, rata sa cible.
Après quelques jours de prison
On le revit, dans sa maison.
Personne n'a déposé plainte
Et cette intrigue sacro-sainte
Dans l'œuf, pour l'avoir étouffée
Est maintenant, conte de fée,
Car Célimène abjure tout.
Pourtant l'amour est un atout.
En avoir honte quand on aime
Ô que c'est laid ! C'est un blasphème.

Juin 2001, conte en vers.

Comme un soleil

Éblouissant comme un soleil,
Il est de ceux que l'on admire
Tant la noblesse de l'aspect,
Demande beaucoup de respect.
En chaire il est le point de mire,
À son modèle est tout pareil.

D'essence rare, homme divin.
Celui qu'aimerait chaque femme
Trouver encor, le favori
Car de bon sens, il est pétri.
Clinicien tout feu tout flamme
Poète en soi, bon écrivain.

Strophe à l'italienne.

Un madrigal fleuri

Dans un beau vase de cristal
Il composa son madrigal.
Voulant lui dire avec pudeur
Dans le langage de la fleur
Son grand amour sentimental.

Un bouquet très ornemental,
Enchâssé dans son piédestal.
Joli présent ensorceleur.

Dans un beau vase.

Des roses rouges, l'animal,
C'est convaincant, c'est magistral !
Pour éblouir ce séducteur
Aux compliments met de l'ampleur
Vocables riches en végétal.

Dans un beau vase.

1994

La musique des mots

Il est des mots aux consonances
Laissant vibrer des rémanences
Des mots qui descendent du ciel
Et qui nous parlent d'éternel.

Vocables saints et mirifiques
Accompagnés par des musiques
Qui tintent comme un carillon
Et jouent le rôle du maillon.

À ces mots-là, je suis certaine
Le renégat coupe l'antenne
Le tympan bourré de coton
Pour se créer un infrason.

Mais celui qui veut les entendre
À leurs beaux chants, se laisse prendre
À l'aide de ce passeport
Retrouvera toujours le port.

Les années noires

À chaque jour que Dieu égrène
Sur notre écran, sur chaque chaîne,
On ne parle que de trafics
Détournements de biens publics.

Tous ces escrocs, nos politiques
Des joncs aux mains, rictus comiques
Semblent prendre pour un exploit
Ce qu'on reproche à leur endroit.

De gros bonnets que rien ne tance,
"Sans un procès pas de sentence"
Après s'être bien enrichis
Œuvreront pour être blanchis.

Préceptes, jugements éthiques
Sautent les bornes étatiques.
Comment garder un idéal
Lorsqu'a chuté le piédestal.

Hormone de croissance

Marie-Ange rêvait en lisant cette séduisante publicité. Ce rapport médical lui jetait tant de poudre aux yeux, de baume au cœur, qu'elle le voyait déjà son petit garçon, cet être adoré qui ne grandissait pas beaucoup, devenir un superbe jeune homme.

Pour quelques centimètres en plus elle était prête à tout. Comme Perrette et son pot au lait, emportée par la fièvre de son imagination, ne pensait qu'aux côtés positifs de son rêve… Le fruit de ses entrailles manquait d'hormone de croissance mais grâce aux progrès de la science, cette lacune allait être comblée. C'était écrit, là, en caractères si prometteurs, que nulle ombre du doute ne vint ternir son espoir.

Lui, l'enfant chéri, le cobaye innocent; alléché par les promesses du pouvoir de l'hormonothérapie qui, affirmait sa mère, de l'épanouissement en est l'entéléchie*, consentit sans façon à se faire traiter… et le rêve prit corps au sortir d'une ampoule.

La croissance se fit et l'on crut au miracle, jusqu'au jour fatidique annonçant le scandale des stocks douteux de ce produit. Identique à celui du sang contaminé par le virus du sida.

Par manque d'éthique, on avait inoculé le prion de la mort à ces malheureuses victimes, tous des enfants.

La science avait créé le rêve, l'argent en fut le détracteur.

Essai en prose.

* *Entéléchie : énergie efficace et agissante.*

L'explosion

Mon cœur déborde dans mes yeux
Sanglots amers, silencieux
Coulant le long de ma figure
D'un gros chagrin, en sont l'augure

À force de les retenir
Je ne peux plus les contenir
Malgré l'ampleur de mon courage
Ce soir je fais comme l'orage.

Je me révolte dans mon coin
À l'étouffée et sans témoin.
Amas de ma désespérance
Se libérant dans une transe.

Abcès formé de mes douleurs
Crevant et déversant ses pleurs
Tel un volcan ou l'autoclave
Bouillonnant fort, crache sa lave.

Puis ma raison, ce dictateur
De tout mon être destructeur,
Me ramène sur le rivage
De mon destin qui me ravage.

Classique sans forme fixe.

Ma boîte magique

Sur la commode, dans l'entrée
Une belle boite est posée
Parmi d'autres objets encor
Qui agrémentent le décor.

Un cadeau sans grande valeur
Si je n'y mêle pas mon cœur,
Mais une chose qui m'est chère
Qu'à beaucoup d'autres je préfère.

Je l'ai remplie de bonbons
J'avais une bonne raison
Car au milieu de ces douceurs
J'ai caché le coin de mon cœur.

.../...

…/…

Lorsque j'ai besoin d'un câlin,
Pour apaiser un gros chagrin
Vers mon coffret je me replie
Pour y prendre une sucrerie.

Le sucre a la propriété
De faire obstacle à l'anxiété
Fait bon ménage avec le cœur
Lorsqu'il a besoin de chaleur.

Comme un orgue de Barbarie
Ma boite bleue a sa magie
Et me fredonne des rengaines
Entre autres, "À la claire fontaine"

C'est une belle mélodie
Je l'ai chantée rien qu'avec lui
Sous le ciel bleu de ma Provence
Aux temps heureux d'une romance.

Libre

Jours “sans”

Lorsque je déraisonne
Ma muse m’abandonne
Elle n’aime pas l’artiste
Les jours où je suis triste
Venir le publier.

Elle attend comme un sage
La fin de cet orage
Sachant que la colère
Mauvaise conseillère
N’est pas à fréquenter.

Et n’aime pas écrire
Le mal qui me déchire
Et qui dans l’avenir
Sera un souvenir
Qui me fera souffrir.

Devant ma feuille blanche
Sans elle ma main flanche
Mon âme créatrice
Sans mon inspiratrice
Stagne dans l’encrier.

Libre

La toile

Dieu sait que je l'ai espéré
Combien de fois, j'en ai rêvé.
Je me disais, rien qu'une fois
Et puis après, mourir de joie.
Je l'espérais, sans trop y croire
Tout en sachant que cet espoir
Était de ma part insensé
Que ça n'arriverait jamais.
Puis un beau jour, est arrivé
Ce grand moment, que j'attendais.
J'allais enfin pouvoir tenir
Mon grand amour et le chérir.
Mais un mot murmuré par lui,
De cet amour a tout détruit;
J'ai senti qu'allait prendre fin
Et mon histoire et mon chagrin.
Je le regrette amèrement
Au fond de moi, ce changement,
Car il apportait à mon cœur
Autant de joie que de douleur.

Sur un air de pastourelle

Sur ma moto mademoiselle
Je vous convie à faire un tour.
Je ferai même un long détour
Afin de vous montrer mon zèle.

Taratata… J'ai peur, dit-elle,
Votre conduite est insensée
Et puis s'il vous venait l'idée
De cette panne accidentelle
Sur la moto.

Je vous promets, chère Gisèle
D'être sérieux mais en retour
Serrez vos bras très fort autour
Car mon cœur bat la tarentelle
Sur la moto.

L'intrus

Dans le fouillis du souvenir
J'ai rencontré maille à partir
Sur un cliché mis à l'index
Que m'a ressorti mon cortex.

Un portrait trouble et si confus
Dont je ne me rappelle plus.
Où tout me paraît utopique
Dans ce puzzle labyrinthique.

Quelques fragments de ce tableau
Pourtant titillent mon cerveau.
Ce beau visage, ce garçon
Éveille en moi, comme un soupçon.

Je réfléchis, me remémore,
Dans le passé, je fouille encore.
J'aimerais faire la clarté
Le sortir de l'obscurité.

J'ai beau chercher, cette photo
Dans cet étrange imbroglio
Est une énigme ou métaphore
Qui me tracasse et me dévore.

L'éclosion

Un jour on débarque sur terre
Sans même l'avoir désiré.
On écartèle un peu sa mère
En vagissant comme un damné.

Premier contact avec la vie
Qu'on aimerait se rappeler
Mais le cerveau n'est pas fini
Et n'a pas pu l'enregistrer.

À quoi répond ce premier cri
Est-ce le froid, est-ce la peur ?
La crainte de quitter son nid
Pour affronter tout l'extérieur.

Je penserais, a priori,
Que ce passage en est la cause.
Si bousculé et tout meurtri
On ne prend pas très bien la chose.

.../...

.../...

On était si bien dans le noir
En ce cocon très protégé,
Même à l'étroit dans ce couloir
Et puis il faut se réveiller.

Pour arriver sur la planète
Si tout n'est pas bien programmé
Si on ne montre pas la tête
On a du mal à débarquer.

Mais si la chance est du voyage,
Après tout ce charivari
Bien qu'on arrive sans bagage
Des êtres humains on fait partie.

Les mains

J'ai fait le tour du monde
Très grande était la ronde
Et vaste était le choix
Mais je reviens vers toi.

J'ai serré des mains chaudes
Semblables aux électrodes
Ce que j'ai découvert
M'a laissé bien amer.

Les mains douces et aimables
C'est bon mais pas durable
On s'y brûle les ailes
Si l'on reste auprès d'elles.

.../...

…/…

Les mains moites et mielleuses
Ce sont les plus nombreuses
Pour ne pas s'enliser
Il faut lever le pied.

Celles de l'hypocrite
Vous relâchent assez vite
On ne s'attarde pas
Auprès de ces gougeats.

Les mains qui me retiennent
Ce sont vraiment les tiennes
Avec un lien en or
Nouons ce beau trésor.

Sommaire

.../...

.../...